悲の舞

あるいはギアの秘めごと

三田洋

思潮社

悲の舞——あるいはギアの秘めごと

三田洋

思潮社

悲の舞——あるいはギアの秘めごと

三田洋

目次

i　悲の舞――あるいはギアの秘めごと

ii　他生のかおり

iii　はるかな涙

装幀＝思潮社装幀室

i　悲の舞——あるいはギアの秘めごと

悲の舞

悲は斜めうしろから
すくうのがよい
真正面からでは
身がまえられてしまう

悲は日常の爪先ではなく
白すぎる紙の指で
呼吸をほどこすように
すくうのがよい

太古から伝わる悲の器のように
やさしく抱えこみながら
静かな指のかたちで

すくってもすくっても
こぼれてしまうけれど
傷ついたいのちのすきまを
ていねいにふさぐよう

だれもいない奥の間の
ひっそり開かれる戸から
陽がさしてくればなおよい

そのとき
悲はひかりの粒子にくるまれて

必然のつれあいのように
すくいのみちをめざしながら
秘奥の悲の舞を
ひそかに演じるのでしょうか
だれもいない開演前の舞台のように

ギアの秘めごと

迷いしくじり途方にくれて
目が覚める

夢と覚醒時との
二つのじぶんを感じながら
街へ出ると
さまざまなじぶんにも気付く

あるとき

それぞれがうまく機能するように
ひそかに切り替えるギアの音を
聞いてしまったことがある
舟をこぐ櫓のような音ではなく
息遣いのようなかすかな

さらに切り替えに失敗したのを
見破ったこともある
恥をかき戸惑いながら
かなり古くなっているので
仕方がないねと聞かないふりをして

気付かれないところで
いそいそと働いて
ギアの音のいとしさ

夢の中ではしくじっても
ゆっくり休んでいていいよ

中性子のかなしみ

どことも知れぬ静かな明け方
左脚の小指のあたりに
接触感があって目を覚ます

こちらは中性子です
そのあたりから真空のような声がした
空耳なのか
ぼんやりしてよく見えないが
ちいさな炎の花びらのように思われた
中性子といえば原子核よりも小さい

肉眼で見えるはずはない
それになぜこんなところを
選んでやってくるのか
本棚に素粒子や宇宙論の書物が並んでいるので
やってきやすかったのか
聞こうとするがもう何も見えない

万物は原子核から成っている
その原子核に潜んでいるのが中性子だ
中性子はイコール意識である
不安定で十五分で消滅するという

そのような儚い意識とは何だろう
たとえば躓いた小石の意識とは何だろう
たとえばこの小指の意識とは何だろう

何が起こったのか
不安を収めようとして
いつものカフェオレを飲みに階段を降りようとするが
当然のように階段も見えない
時間のような空間がひろがっているばかりで

それにしても
繁華街の雑踏で溺れそうになったり
高い橋の上では斜めに落下しそうになったり
対面するひとの唇の動きを恐れたり
そのような不安まみれの
この個体の中に棲まわされ
その小さく儚い生涯を
さらに怯えさせられているにちがいない

愛しい中性子たち
無理していないで
他の個体へでも大木の幹にでも
出て行っていいよ

数字のお願い

わたしを
1
あなたを
2
と数えないでください

わたしとあなたの間を断たないでください
1と2のあいだには
1.01など無数の数があるように
ひととひととのあいだにも

無数の意識や感性がつらなっている

わたしはわたしだけではありません
あなたはあなただけではありません

たとえば
ふたりが出会えば
わたしは1からはみ出しよそ向きの姿勢になったりします
あなたも2を超えて美の装いをして身構えたりして

1や2は自由や半端ものや端数を切り捨てます
わたしを閉じ込めあなたを拘束します
わたしをあなたを
あなたにつらなるわたしを切り捨てないでください

振り向き方に

見ているなとおもう
後方のはるかなところから
見られているなとおもう
しかし振り向いても
だれもいない

振り向き方にもルールがあるのかもしれない
右からか左からか
右からはなぜか怖いので

振り向きは必ず左からになってしまう
どうしてなのかいまもわからない
まよったりつまずいたり
いろいろなことを知ったり
籠の鳥を亡くしたり近しいひとや
母親のからだを焼いたりすると
いっそうその視線がつよくなったりする

それでもわけもなく哀しすぎたり
苦しすぎたりして
つい振り向いてしまうことがある
すると
ただひろびろとした空間に
日差しもないのに
なにかのものらしいながながしい影が

のびているのを見てしまうことがある
でもだれもいない

方向音痴夢枕

どうしようもないほどの
方向音痴がここにいる
行く先をめざしても
まともに行き着けたことがない

現実ばかりか
夢でも方向音痴で
いつも道に迷い
帰り着けなくて
途方に暮れて目が覚める

夕べも見知らぬ領域を
うろついていた
焼け跡のような殺伐とした空地で
時代遅れの服を着た子供たちが遊んでいる

どこかへ帰り着きたいのだが
どこをめざしているのかも
よくわからない
とにかく乗る駅を捜しているようなのだ

駅はどこなのか
どの子も教えてくれないし
さまよい続けて目が覚める

その後味の悪さは

消えることがない
それを拭うためには
現実と夢との
秘かな細すぎる通い路らしいものを
突き止めなければならない

そのためには
夢にまいもどって
枕を高くしたり
東向きになろうとしたり
思考錯誤を続けているが
かえって生存域も消えてしまいそうで

実存抄

ひとりはどこにあるのか
ふたりを割るとひとりになるのか
ひとりを引くとひとりになるのか

ひとりとひとりはつながっているのか
おんなのひとりと
おとこのひとりはおなじなのか
全く違うのか
どんなに違うのか
おんなのふたりはたのしそう

おとこのふたりはさみしそう

ひとりとおとこと
ひとりは
どこまでも落下していく

ありふれた朝

なにごとも起こらないことを願うひとは
どのような表情をたもてばよいのだろう
きょうも静かな棘にさらされながら
どのような歩き方をすればよいのだろう

痣だらけの表皮を隠しながら
街は平穏さを強調するばかりで
知らないふりを繰り返すだろう
ありふれた朝をむかえるために

積み重ねたきのうと同じ朝をむかえるためには
どのような失意を隠さなければならないのだろう
どのように見えないシーツを敷き
どのような寝方をすればよいのだろう
ありふれた朝をむかえるために

立たされている

立たされている夢ばかり見ている
集まりの前に立たされている
ここはどこなのか
どんな集団なのか
なぜ立たされているのか
何もわからない

立たされているのは
じぶんの現在なのか
若い古本屋の路地なのか

遅刻した仕事机の前なのか
そのとき何がおこっていたのか

立たされている夢を見ている
詰問をされているようなのは
取り返しのつかない何かを
してしまったのだろう

あびる視線のこんなに鋭いことは
痛々しい現在そのものなのか
新しい朝がおとずれても
ずっと立たされたままだ

怪しい立ち話

夢の現実ばかりみている
しきりにどこかへ行こうとしているようだが
それもわからない
ひとりの場合もあるが
たいてい人だかりがしている

蛇のようにぐるぐる行列をつくっていたり
しきりに立ち話をしていたりするが
知らない顔ばかりで
なかなか眼があわない

たまには
なじみの顔とか肉親などと話しているつもりでも
必ず見知らぬ人に変わってしまう
その変容のしかたも異様で
頭部とか胴体とか太ももとかが膨れ上がり
艶が濃くなったり
馬とか牛のような形になり
ニンゲンから遠く離れて
皮革のように輝いたりする

どこかに行かなければいけないし
急がなくてはならないのはわかっているのだが
なぜそうなのかそこが正しい場所なのか
何もわからない

わからないことだけがはっきりしていて
空間が怪しく広がっていくばかりなのだ

ii　他生のかおり

往来

他生の便り

それからお葬式がありました
そのように季節が過ぎ
主もいないのに
酔芙蓉がはなびらをつけ
はらはらと散っていっても
式はまだつづいております

これからも式はずっとつづくでしょう

ひとは死んではいけません

斎場

その廊下にはいろいろなものがあるいている
ゆくものさまようもの
何かに動かされているような
じぶんで動いているような
そのどちらでもないような
わたくしのかたわれたち
どれがゆきなのかさまよいなのか
それもわからない
ただあたりには何もなく往来だけがあって
向こうはやはりみえにくい

彼岸会

その丘に立つと
一族というものの小さな囲いの
石の立つ無数の群れがみえた
先ほどのそれを捜そうとするが
けっしてみつけてはいけない

花束と水をもつ人びとが地層のように動いて
日は暮れていくようでありました
雑踏からこんなに遠く
あるいは置き去りにして
わたくしたちはよそよそしくバスにのる

他生のかおり

真夏の雑踏にふれあう
皮膚いちまいの行方
ときどき
厚いドアをあけて
わたしと待ち合わせる

挨拶のしかたも知らず
そこはどこですか?
の問いに無言の
他生の皮膚のかおり

顔をあげるともういない
ではまたとしか言えず
雑踏へもどっていく

悲の舞を終えたあとの

見えなくなると
たとえば宇宙論の膜をめくって
じぶんと待ち合わせる
いまどうしている？
悲の舞を終えたあとの
かすかな他生のかおり

それでも答えは見えず
ぎこちない真・悲の掬いあいに
救われるはずもなく

ではまたと膜を閉じて
傷ついた秘奥の朝を待つ

歳月の窓

碍子と電線の日々を揺らす
半畳くらいの空があって
人見知りの鳥がときおりよぎっていく

それは東を向いているので
小さな朝やけがあったり
ひかりと時が仲違いしながら
日常を惑わせたりして

ずっと以前

この矩形の空を背中にして
売主と実印を交わした
高価な逆光に彩られながら

おとなふたりこどもひとり
痛みや幸いなど引き受けながら
やがて歳月は個々に分かれ
窓も変形することもなく

貧し過ぎた朝やけや
嫁いだいとしい背中や
新しく小さすぎる指先や
暮れなずむ狭い肩幅や

やがて矩形の夕暮れがやってくると

境界もなにもなくなって
すべてが一体になるような
そっと
だれかが覗いてくる

相克の崖

絶壁の中腹に腰をかけている。少しでもよろめいたら人形（ひとがた）のように海に落下するだろう十九歳。高所恐怖症者がなぜそんな場所にいたのか。坂口君という友人がいた。彼の父親は精神を病みこの島の人気のない海岸で首を括って死んだ。彼はおむすびを逆さにしたような顎のない顔をしていて手首の骨の目立つ子だった。無口でわたしの前ではひ弱な笑顔をしまい忘れているようであった。あそこから海がきれいだよ、という誘いにのったのは、そのような彼の境遇にそってあげたかったのかもしれない。

もうこんなに経つのにこの恐怖体験は執拗に再生される。希薄になるどころか恐怖感は深まるばかり。そこにはいわゆる記憶というものとは異なる何かがあるに違いない。歳月のなかで体験と夢想との境界があいまいになるらしい。夢想が事実の領域に入り込んだり事実が夢想に変換されたり、時には意識が他へ移動したり。

あの時わたしは実は海へ落下していたのではないかという懸念が消えない。事実があまりに悲惨なので現実を否定しながら夢想の領域を生きのびているのではないか。夢想が時を超越し、いつか夢想から覚めたじぶんと向き合うのではないかという思いが真夜中の天井から垂れ下がってきたりする。

いつからか落下したじぶんと落下しなかったじぶんとが相克を続けるようになっていた。そのどちらがじぶんなのか。たとえば岐路にたたされ、その一方を選ぶ。しかし実は捨てられた他方のじぶんもそのまま生き続けているのではないか。そのどちらもじぶんではないのか。するといたるところに夥しいじぶんがいるはずだ。

これからも落下したじぶんと落下しなかったじぶんの相克はかぎり

なく続くだろう。もしかしたら坂口君はそれとは異なる何か真実のようなものを知り抜いているのかもしれない。彼を捜そうとしないのはそのせいなのか。もしかしたら、わたしはいまもあの崖を落下し続けているのではないか。

皮膚の触れ先

よせてはかえす
時代の薄衣
今を歩けば
雑踏ひとりの交差点

お買物家族もひとり
溢れる情報詰め込んでも
出口も見えない服ぶくろ

何がそうで

どこからそうなのか
路地に入ると
いよいよ薄れて
冷えゆく皮膚の触れ先

よせてはかえす
世紀の薄衣
渇きにかわいたら
見えないドアをあけて
ひとりとわたしと待ち合わせ

空っぽ溢れ破れそう
皮膚も哀しい抱擁ひとり
いよいよ薄れて
皮膚の触れ先

iii　はるかな涙

遺伝子戦争

幼い身体をおおう
無数のアザ
空っぽの内容物
頸部の爪あと

父親が子を殺す子が父をころす
母親が虐待し放置する
そんな配達の朝がつづいている

いくつもの戦争があって

壊し造りさらに造って
あれから急いでもうこんなにきた

悔恨・懺悔・洗脳の
試行錯誤をかさね
戦争という文字を
内部深く消したつもりの果て

家族や血を巡る葛藤の底から
立ち上がってくるものがある
あまりにも極私的微視的な
遺伝子戦争

わたくしたちは
何を消し何を抱えこんできたのだろう

巡りめぐって
きょうも寒い朝がやってくる

はるかな涙——夢の地層 5

きょうもどこかへいそいでいる
やわらかい水の領域をぬけて
手をつながれていたり
赤い焼け跡のようなところを
めぐっていることもある

はるかな涙と愛をひきつるように
どこかをしきりにいそいでいる
そして
けっしていきつくことはない

いくらくりかえしても
何ひとつわかることがない
それでも
何かを隠しているようすがみえることもある
朝になるのを待って聞いてみるが
答えられない

それで夜中に聞こうとすると
問い自体が消えているのだ

水上のバラ

少年は舞う
鼓動を聞く水の物語までぬきとられ
すべてのものをながしさった
ひとを恋う氷のうえを

記されたくない惑星の受難史のうえに
なんどもくりかえされることが
その日もおこった
こしらえてはいけないものも
ばくはつし大地に心身に

はなたれ　汚された

さらに禍のページはめくられ
覚悟もゆるされることはなく
花や仔猫やひとの
生存の悲哀を試す異常気象列島で
メタルの輝きや技術の
過去はふりかえらない
それでもこれしかできないからと
美しく知らないじぶんをもとめて
少年は舞う

失意と感謝のカーヴの軌跡も
被災者とともに超える苦悩のジャンプも
純白のシャツと黒のパンツはなおも細まり

しずかな舞は遠く高くはこばれていく

やがて少年もみえなくなると
だれもいない氷上に
視線をもとめる真紅のバラ

バターチキンライス

食肉というものが
じぶんの口に入るまでの
道程をたどりたいと
畠山さんは考えた
鶏の首をしめてみる
動物はあばれ
それでもやめないじぶんの
後頭部が見える

やがて指の中は静かになり
いきものが消えてしまうと
とりかえしのつかないことをした
と畠山さんはおもう

それでもあたりは過ぎてゆき
新鮮なバターチキンライスが出来あがりました
その指でフォークを持ち
いただきます
をすると
なみだがあふれた

畠山千春さん二十九歳
どうでしたか？

と聞く女性記者に
すでに姿は消えて
声だけが匂いにただよってくる

答えはありません

「朝日新聞」二〇一五年一月二十七日「私は猟師、命と向き合う」に寄せて

歳月考

モンゴルへ行きました

いつもより少し低い月がむかえてくれます

あなたのなかを歳月が過ぎていくのではありません
あなたがもがきながら時をぬけていくのです
人々はそういって迎えてくれます
わたくしはお辞儀をします

草原はどこまでもつづいている

過ちをくり返したり
片恋にうろついたり
ひきかえしたり迷ったり潜ったり
横に逸れたり縮んだり
まっすぐ縦に流れる時など存在しません

そんなことでいまも
わたくしはモンゴルから帰れないでいます

美祢線晩秋列車

過去の重い背中のあたりを
登っていくかのようであった
枯れていく樹木を分けて
山陽から山々をこえて山陰へ
救われようもない心情を映す単線のレールは
鈍い光沢をみせながら
罪深い日々を足元へ追いやっていく

山陽本線厚狭駅から長門へ向かう美祢線は

錆びた疼きのようにきしきしと鳴った

置き去りの悔いの末の
十二年ぶりの墓参とは
どんな風景に晒されることなのか
親不孝とはどんな背中のかたちなのか
墓地をこえて広がる海は
やはり時化ているだろう

何もかも開けないまま
それでも板張り床の非電化車両は
真摯な歳月を引きずりながら
まばらな乗客をのせて登っていく

どこまで姿勢を正しても

終わりそうにない
疼きを乗せて

帰郷

——青海島原景

季節が終わるまえに
船に乗ってかえってくる
内海さらに色濃く
よう帰りんさいたねの声もある

母親手首ますますほそく
父静脈たてて風呂釜を焚く
その巡る回忌に
置き去りの死罪きびしく

家にはあがれないので
砂のうえにかしこまっている

運ぶ船の消えた彼方
外海荒れはて
水平線いまも見えず
懐かしさのみが救いなのでしょうか

逃げのびたつもりが
蒼い海ばかりめぐって
砂のうえにかしこまっている
わたしは間に合ったのでしょうか

船に乗ってかえってくる
あの季節が終わるまえに

はたして
帰り着いていたのでしょうか

おとうと記

ついに宣告されたといって
おとうとがやってきた
一メートルと八十四センチ
そのむかし
田舎のコバヤシアキラといわれたりもした
このまま何もしなければ余命六か月という

固い床に座りこみ
酒を飲み
しゃべり

だまりこみ
しゃべり
またしゃべりこんで

やがて濃い陽ざしが暮れかかると
彼の長い影も伸びていき
だいじょうぶだよ
これからがしょうねんばだと
その影に沿うように立ちつくす
すると
何もできないそんな兄に抱きついて
肩幅の広さに驚きながら
身長は横にも広がるのだと気づく

それから

後ろすがたをさらに天に伸ばしながら
帰っていった

引きずる影はますます長く

夜の椅子

離別した朝の気配の
亡くした母の春の海の
救えなかった子の
暑い夏のおわりの
声のふるえる箸のはこびかたの
雨にぬれる指のかたちの

そんなひかりのような断片を
何度となく
繰り広げてみせる

暗黒や深淵から救ってやろうと
夜を懸命にはたらいているものがある

ときには
それが十数年もつづいたりして
もういいだろう
まだだめだよ
情けないなもうこれっきりだよ
と口をとがらせたりして
時空のしがらみから解放してやろうと
頬をけずりながら
熱いイデーにさからうかのように
そんな報復もきづかいながら

ときには
遠い先祖の苦渋の痕跡があらわれたりして
おもわず感謝しながら
きょうも
夜の椅子に腰をおろしている

三田洋

詩集『青の断片』（光風社、一九七〇年）

詩集『回漕船』（思潮社、一九七五年、第四回壺井繁治賞受賞）

詩集『一行の宵』（詩学社、一九九二年）

評論集『感動の変質』（国文社、一九九三年）

詩集『グールドの朝』（思潮社、一九九六年）

詩論・エッセー文庫『抒情の世紀』（土曜美術社出版販売、一九九八年）

新・日本現代詩文庫『三田洋詩集』（同右、二〇〇二年）

『Selection of Yo Mita's Poems』（私家版、二〇〇六年）

詩集『デジタルの少年』（思潮社、二〇〇六年）

詩論集『ポエジーその至福の舞』（土曜美術社出版販売、二〇〇九年）

詩集『仮面のうしろ』（思潮社、二〇一三年）

現住所　〒一五七―〇〇七三　東京都世田谷区砧四―十二―一

Email yomita@sky.nifty.jp

悲の舞――あるいはギアの秘めごと

著者
三田洋

発行者
小田久郎

発行所
株式会社思潮社
〒一六二―〇八四二　東京都新宿区市谷砂土原町三―十五
電話〇三（三二六七）八一五三（営業）・八一四一（編集）
ＦＡＸ〇三（三二六七）八一四二

印刷・製本所
三報社印刷株式会社

発行日
二〇一八年八月三十一日